Mohamed BACHKAT

Le Gourou vs John III

© Mohamed BACHKAT, 2025
Édition : BoD · Books on Demand,
31 avenue Saint-Rémy, 57600 Forbach,
bod@bod.fr
Impression : Libri Plureos GmbH,
Friedensallee 273, 22763 Hamburg
(Allemagne)
ISBN : 978-2-3225-7134-5
Dépôt légal : Mars 2025

Les caresses

Sa main parcourait son corps de ses doigts de pianiste pour composer une douce symphonie. Il avait connu les dunes de sable jaune, mais pas les collines de calcaire blanc comme le lait. Par endroits, elle s'arrêtait dans des zones chaudes ou dans des parties fraîches. C'était l'alliance contre nature entre un homme qui croit et une femme pleine de certitudes, un homme de foi et une femme avec des attitudes. Seul le wokisme pouvait l'emporter contre le mal blanc dominant. Ensemble, les minorités pouvaient l'emporter.

Suis-le

Si jamais tu rencontres le Gourou aux yeux jaunes, suis-le. Mais comment le reconnaître ? Pense et ressens, et le discernement sera avec toi. Accompagne les troupes dans le combat jusqu'à la victoire éclatante. Après la guerre des clans, il y aura la guerre des mondes : John 3 et ses troupes nombreuses contre le Gourou aux yeux jaunes et son armée la plus puissante de l'univers.

La conférence

Le Gourou aux yeux jaunes, en tant que professeur émérite en science et religion, fut invité par le dirigeant de l'Andalousie pour une conférence dans sa capitale, Tolède.

Il tint à peu près ce langage : "Mon seigneur Roi d'Andalousie, je vous remercie pour cette invitation et ne vous inquiétez pas, je vous ferai honneur. Baron de Galiz, seigneur du Nord-Est, faites allégeance ; Comte de Catalogne, seigneur du Nord-Ouest, faites allégeance ; Duc de Castille, faites allégeance ; Roi de Maurétanie, de Numidie, de Carthage, faites allégeance. Faites allégeance à votre Émir qui a choisi vos familles pour régner sur le nouveau monde."

Le roi resta bouche bée et ne comprenait pas cette tirade. Il prit cette intervention pour une trahison et ordonna l'arrestation par ses gardes du malotru. Mais au dernier moment, le Gourou fut extirpé et exfiltré vers un lieu sûr. L'essentiel était là. Le message était passé auprès de la noblesse du pays. Allaient-ils suivre ?

La France

L'Émir se retrouva au nord, en France. Dans un endroit secret, entre le palais présidentiel et le ministère de l'Intérieur, il rencontra le dirigeant. Il lui annonça qu'il ferait partie du gouvernement mondial installé à Jérusalem. Mais pour cela, il faudrait faire ses preuves face aux dirigeants de la Russie, de la Turquie surtout. C'était chose faite et acquise.

La sœur de mon âme

"Jamais je n'aurais cru que mon âme épouse aussi bien ton corps. La volupté de tes lèvres rencontre la robustesse de mon cou. Nos bras s'entrelacent, s'entremêlent. Si tu m'aimes, fais-moi confiance et plonge dans cet océan de plaisir. Nos sens s'éveillent sous ce parfum de cannelle et d'Oud. Fut un temps où les gens vivaient ces moments-là. Mais il est désormais révolu et accorde à ton mari ce moment privilégié. Femme de ma vie, femme de mes vies, âme sœur, sœur de mon âme, de moi et pour moi, ton Dieu t'a faite."

Le général Kuskov

L'Émir écrivait au général russe : "Cher Général Kuskov, à la fin des temps, d'après les écrits, un peuple, le peuple de Ruchia tel qu'il est mentionné, se rangera du côté des croyants dans la lutte finale. Je vous demande de faire allégeance à l'Émir. Je vous remercie, par ailleurs, de m'avoir envoyé une servante. Où j'irai, je l'amènerai avec moi. Elle ne manquera pas de vous rédiger un rapport de mes faits et gestes et de l'état des lieux des événements futurs. Avec toute ma considération, mon général."

Le pape est mort

Le pape est mort, vive l'Émir. Dans son lit de mort, le père de l'Église catholique formula une dernière volonté. Il demanda à ses disciples de suivre celui qu'on appelait le Gourou aux yeux jaunes.

L'influence et les Indiens

Le Gourou influençait le monde entier, mais très peu de gens le reconnurent, et seul, comme l'avait annoncé Mohamed, seuls les Indiens croyants étaient prêts à le suivre en masse.

La fin du monde

"Si les montagnes s'écroulaient, si le soleil s'éteignait, si même le ciel se déchirait, il ne resterait que toi. Tu serais mon édifice, tu serais ma lumière, tu serais mon toit."

La passe d'arme

Le Gourou Mosof s'était trop exposé. Il devait rester discret et faire une pause dans sa quête. C'était à John 3 d'avancer ses pions.

Mohamed et John 3

Mohamed de Toulouse suivait un courant complotiste par curiosité et pour avoir une autre version de l'information que celle des médias mainstream. Effectivement, les chaînes de télévision déversaient leur propagande à la télé, à la radio et dans les journaux, qui étaient tous tenus par les grandes familles.

Son ami Matthieu lui avait conseillé un alerteur du nom d'Antoine. Il avait rendez-vous tous les lundis, mercredis et vendredis sur son téléphone, devant le live de cet ancien communicant politique.

Un soir, il parla d'un personnage mystérieux avec lequel le crieur d'alerte avait discuté. C'était une révélation pour Mohamed. Il avait compris que ce John 3 était une sorte d'antéchrist. En effet, il se proclamait roi des rois et avait tous les documents officiels cachetés de ses titres de noblesse, dont celui de roi d'Angleterre, roi du Vatican, roi de Palestine. De plus, il avait une sorte de cicatrice sur le front, très peu visible mais que le jeune homme avait très bien remarquée. Le Toulousain avait fait son enquête sur lui et avait vérifié tous ses dires. De plus, il avait vu quatre heures de vidéo d'interviews du candidat au Dajjal. Il le trouvait très intelligent et très habile à jongler avec les gens de sa lignée, la cousine Marguerite, le cousin Albert, l'héritier un tel... Il aimait le cinéma et pensait que certains personnages de films connus le représentaient et s'identifiaient à des acteurs, des situations de sa vie.

L'homme avait disparu des radars. Or, les membres de la famille royale anglaise tombaient un par un. L'un était malade, l'autre aussi d'un cancer, une séparation, une privation de titre et surtout la reine était morte. Tous ces événements, et bien sûr le dernier, laissaient penser que quelqu'un agissait pour détruire la famille régnante d'Angleterre devenue non légitime. Elle était, soi-disant, infiltrée par une famille de banquiers influents au XIXe siècle. Tout cela était incroyable et soudain. Comme si tout était préparé jusqu'à l'heure, dans les coulisses. Et c'était John, le roi d'Angleterre légitime, qui était derrière tout ça. Les dirigeants européens tombaient aussi un par un. C'était l'alliance contre le deep state. Et à la tête de cette organisation secrète et vengeresse, il y avait des généraux cinq étoiles. Et au sommet, Q, le mystère ?

Mosof et John 3

Le rôle de Mosof et de John 3 dans ce jeu d'établissement n'était pas clair. Ce qui était certain, c'est qu'ils allaient s'affronter dans un combat final pour l'équilibre du monde.

On ne savait pas grand-chose du maître du monde autoproclamé, à part qu'il agissait dans l'ombre contre la famille royale du Royaume-Uni et du Commonwealth. Certains généraux américains avaient fait allégeance à John 3. Et comme ils étaient habilités au secret des USA, ils avaient accès, notamment, aux brevets secrets d'armement, et en particulier aux inventions de Tesla, comme la machine à remonter le temps, l'énergie perpétuelle et les MedBeds. Ça lui donnait une puissance incommensurable.

De son côté, Mosof, qui était devenu le Gourou aux yeux jaunes, avait aussi réalisé des découvertes plus poussées que ses inventions industrielles de base. Il possédait des brevets mis sous séquestre et gardait sous le coude ses technologies secrètes.

Peu de gens connaissaient ces histoires, mais tous parlaient de la fin des temps, et certains attendaient le Messie tandis que d'autres redoutaient l'antéchrist. De plus en plus d'habitants du monde se rendaient aux maisons de Dieu. Les mosquées étaient pleines, mais les cœurs étaient vides. Telle était la volonté de la prophétie.

Mais comment la population allait-elle être amenée à faire allégeance à l'un ou à l'autre ?

Les Indiens croyants, en l'occurrence, ne s'étaient pas encore rangés derrière l'Émir, mais y pensaient très fort. De l'autre côté, les armées régulières n'étaient pas rangées en ordre de bataille pour l'héritier, malgré certains généraux cinq étoiles. Tout le monde était dans l'expectative, en observation. Les gens s'informaient tant bien que mal. Ils redoutaient le pire, espéraient le meilleur et ne s'engageaient en rien.

Les femmes de Mosof

Dans la vie de Mosof évoluaient trois femmes : sa femme, Priscillia, et la servante du Caucase. Mais le Gourou avait un faible pour l'actrice Inès Galapagos. Elle était très belle, très talentueuse. Il essaya de la contacter sur les réseaux, mais elle ne répondait pas, trop occupée ou trop peu réceptive. Cependant, des personnes commentaient ses posts en donnant des informations sur l'artiste, comme si elles la connaissaient et comme si elles souhaitaient un rapprochement. Certains même se moquaient de lui, et il devait se défendre. L'aventure amoureuse s'arrêta là. Dans le meilleur des cas, elle l'ignorait ; dans le pire des cas, elle l'utilisait comme mascotte porte-bonheur.

Le soleil de ma vie

En effet, Mosof avait de la lumière en lui. Tout ce qu'il touchait se transformait en or pour les autres, et très peu pour lui-même. Les gens comprenaient qu'ils avaient un intérêt avec lui, mais ne le respectaient pas ou, du moins, ne lui donnaient pas de valeur. C'était un porte-clé, surtout auprès des personnes qui lui soustrayaient des informations sur ses découvertes, comme Clément avant sa fusion, que ce soit Mohamed ou Sofiane. Il était un soleil qui donnait vie et science sans retour des hommes et femmes ingrats et profiteurs.

Tout le problème de l'Émir était là : rallier à sa cause du monde pour les sauver. Ils devaient l'aider à les aider. Mais les habitants de cette planète étaient bien trop occupés à survivre, à évoluer tant bien que mal dans un monde de plus en plus difficile et exigeant. Ils avaient leur quotidien et leurs tâches journalières, et malheureusement, ils ne voyaient pas plus loin que le bout de leur nez et possédaient une mémoire de quinze jours.

Le désespoir

L'Émir était déçu et désespéré. Il se demandait s'il devait abandonner une partie des gens, les plus faibles, les plus normis. Ils n'arrivaient pas à réfléchir par eux-mêmes et suivaient BOFM TV. C'était fatiguant et insurmontable. Devait-il se consacrer juste au peuple indien ? Comment les contacter ? Comment les persuader, lui qui était un étranger pour eux sans liens directs ? Renoncerait-il ?

Le quotidien de Mosof

Le quotidien de Mosof était rythmé par les prières. Le matin, il se levait pour le Fajr et lançait son tradebot, son robot trader. Il l'arrêtait vers 8 h 00 quand l'objectif était atteint. Vers 9 h 15, il partait s'occuper d'une orpheline, lui faisait les courses et les papiers, puis revenait vers midi pour déjeuner avec sa femme et la servante. Après le Dhor, il faisait une sieste en bonne compagnie, une sieste câline jusqu'au Asr.

En soirée, il allait voir Priscillia pour boire un café avec elle, pour la réconforter et refaire le monde en regardant les informations et les réseaux sociaux, puis rentrait chez lui pour écrire et développer des programmes. Et la nuit, après les prières, il dormait avec sa femme. Et le lendemain matin, c'était bis repetita.

La surveillance

La vie du responsable de secte sans adeptes en nombre — il avait perdu contact avec ses membres infiltrés dans les clans, devenu persona ingrata — était connue des services qui le scrutaient tous les jours. Ils n'avaient pas besoin de camionnette au fond de la rue avec angle et vue sur son domicile. Son portable et celui de ses proches faisaient office de micro espion, et à tout moment, ils pouvaient enclencher la caméra ou le micro. Mosof se doutait de cette surveillance, mais il ne savait pas exactement si c'était sa paranoïa qui lui jouait des tours.

Les doutes de Mosof

Cette maladie le faisait divaguer, et une fois, il se demandait quelle était cette histoire de MedBed, qui l'avait inventée ? lui ou Tesla, bien avant ce siècle. En effet, cette découverte avait été attribuée au Yougoslave de génie, mais personne ne savait s'il l'avait réellement mise au point ou si c'était un fantasme de complotiste. Mosof, quand il était Mohamed de Toulouse, avait quant à lui percé l'énigme de l'huile d'olive de la sourate La Lumière dans le Coran. Tout était flou dans sa tête, avant et après la fusion entre Sofiane et Mohamed. Avait-il vraiment inventé la machine à remonter le temps et pouvait-il ressusciter les morts, alors que seul Dieu pouvait le réaliser ? Y avait-il un fils d'Adam pour réaliser cela ?

Mosof avait besoin de vacances et décida de partir au Japon avec sa femme et sa servante. Il prépara ses bagages les passports et s'envola pour le pays du soleil levant.

Le Japon sous haute surveillance

Mosof le Gourou aux yeux jaunes pris l'avion pour le Japon et arrivé a destination, il posa un pied sur le sol de l'aéroport de

Narita avec une assurance tranquille. À ses côtés, sa femme Naima réajustait son châle de soie, tandis que leur servante du Caucase, Lali, observait les alentours d'un regard aussi discret qu'attentif. Depuis leur départ, une présence invisible mais insistante les suivait : les services de surveillance, veillant à chaque instant sur leurs moindres déplacements.

Un chauffeur en gants blancs les attendait à la sortie, pancarte en main, indiquant leurs noms sous un pseudonyme soigneusement choisi. La voiture filait à travers Tokyo, offrant un premier aperçu de la mégapole aux mille lumières. L'organisation du voyage ne laissait rien au hasard : les visites étaient minutieusement planifiées, les itinéraires contrôlés, et les guides triés sur le volet.

Leur première destination fut le sanctuaire Meiji, un havre de paix au cœur de la ville. Sous l'ombre des cèdres centenaires, Mosof marchait lentement, absorbant l'énergie des lieux. Naima, curieuse, s'attarda devant les tablettes de vœux ema, tandis que Lali gardait ses distances, scrutant les silhouettes aux alentours.

Le soir, leur hôtel était une forteresse dissimulée dans le

luxe discret d'un ryokan traditionnel à Hakone. Tatamis, bains onsen privés et silence feutré leur offraient une bulle de quiétude. Pourtant, même là, la surveillance persistait. Les caméras, les micros invisibles, et ces regards furtifs dans le hall rappelaient que ce voyage était bien plus qu'une simple escapade touristique.

Demain, Kyoto les attendait, avec ses temples millénaires et ses jardins paisibles. Mais Mosof savait qu'au-delà de la beauté du Japon, un jeu subtil se jouait dans l'ombre, entre respect protocolaire et vigilance constante.

Le Retour dans l'Ombre

Le vol de retour décolla à l'aube, quittant la terre du Soleil-Levant dans une lueur orangée. Mosof le Gourou aux yeux jaunes observa une dernière fois Tokyo s'effacer sous les nuages, tandis que Naima, installée à ses côtés, repliait soigneusement son éventail en papier doré, souvenir d'un artisan de Kyoto. Lali, leur servante du Caucase, s'occupait silencieusement des derniers détails du voyage, le regard toujours en alerte.

Le retour était une transition calculée, un mouvement fluide orchestré par des mains invisibles. À l'atterrissage, aucune annonce publique, aucune attente inutile. Un couloir discret, une voiture aux vitres teintées, et la traversée d'une ville dont personne ne devait se souvenir.

Leur destination finale ? Seuls quelques initiés en connaissaient la nature. Une résidence hors des cartes, protégée par des protocoles que seuls les services de surveillance maîtrisaient. Là, au-delà des regards indiscrets, Mosof retrouvait un silence familier, un espace où les ombres elles-mêmes semblaient veiller sur lui.

Il déposa sa veste, fit glisser un livre sur une étagère, et le mécanisme secret d'une bibliothèque fit pivoter un pan de mur. Il s'immergea alors dans un espace caché, où des dossiers codés et des notes manuscrites attendaient son retour. Car au-delà des voyages et des apparences, Mosof savait que le véritable jeu ne s'arrêtait jamais.

Les Illusions de la Colère

De retour en France, Mosof le Gourou aux yeux jaunes errait dans une ville frémissante d'agitation. Les rues étaient noires de monde, les slogans fusaient, les pancartes se brandissaient sous une marée de poings levés. Une manifestation massive, un cri collectif contre un système perçu comme oppressant. Il observa la scène en silence, Naima à ses côtés, le visage impassible sous son voile de soie. Lali, la servante du Caucase, suivait d'un pas mesuré, scrutant les mouvements autour d'eux avec une vigilance instinctive.

L'énergie de la foule était réelle, mais Mosof voyait au-delà des apparences. Il sentait les fissures invisibles, les pièges disséminés dans cette colère brute. Une fois rentré dans un lieu sûr, il alluma son ordinateur et prit la parole sur les réseaux sociaux. Son message était clair et tranchant :

"Manifester, c'est croire encore aux règles du jeu. Mais regardez bien qui tient les cartes."

Il expliqua d'abord l'illusion économique derrière ces mouvements. Les élites financières, les dirigeants et leurs alliés ne perdent jamais vraiment. Ils ont la capacité de spéculer sur les événements, de jouer la baisse des marchés lorsque la rue s'agite, d'acheter à bas prix quand la panique s'installe, pour ensuite rafler la mise à la remontée.

"Chaque heurt, chaque tension alimente un cycle de perte… sauf pour ceux qui savent quand parier."

Il dénonça aussi la récupération inévitable. Un mouvement spontané ne reste jamais entre les mains de ceux qui le lancent. Une opposition contrôlée finit par émerger, offrant une alternative factice, un exutoire encadré. "On vous donne une bannière, un slogan officiel, des figures médiatiques pour parler en votre nom... et à la fin, rien ne change."

Il avertit aussi des conséquences pour les participants eux-mêmes. "Vous êtes ceux qui perdront le plus." Entre les journées de grève non payées, les répressions financières et judiciaires, l'essoufflement général, la contestation devient un outil d'appauvrissement, une manière de briser toute force de résistance durable.

Enfin, il posa une question simple : "Si vous étiez réellement une menace, croyez-vous qu'on vous laisserait défiler ? Regardez où on vous autorise à marcher. Demandez-vous pourquoi. Et alors, seulement alors, vous commencerez à comprendre."

Son message se répandit comme une traînée de poudre, suscitant à la fois admiration et fureur. Pendant que la manifestation battait son plein dehors, Mosof savait déjà que l'issue était scellée. Le jeu était truqué bien avant que les premiers pas ne résonnent sur l'asphalte.

De la Colère à l'Influence

Mosof le Gourou aux yeux jaunes savait que les manifestations étaient un théâtre d'ombres, un espace où les émotions fortes pouvaient être captées et redirigées. Il n'était pas là pour défiler, mais pour observer et recruter.

Derrière son écran, son message faisait son effet. Dans les commentaires, des voix anonymes se distinguaient, cherchant une alternative, un guide capable de leur donner plus qu'une indignation stérile. Mosof leur laissa un fil à tirer, une porte à franchir : un accès limité à ses analyses, des discussions cryptées où il expliquait les véritables rouages du pouvoir et de la finance.

Le Tradebot et la Bourse : Transformer la révolte en opportunité

Pendant que la rue grondait, Mosof activait une autre stratégie. Son tradebot, connecté aux marchés financiers via l'API MT5, surveillait les fluctuations boursières. Les manifestations créaient des turbulences économiques, des opportunités de court terme. Mosof savait que le chaos bénéficiait toujours à ceux qui savaient le lire.

Mais il ne s'arrêtait pas là. Certains de ses anciens camarades d'école, aujourd'hui bien installés dans les salles de marché de la Bourse de Paris, étaient devenus ses contacts privilégiés. Ils avaient quitté l'ingénierie pour une école de commerce et comprenaient la réalité du pouvoir financier. Mosof leur apportait ses analyses non conventionnelles, en échange d'informations de terrain, d'opportunités discrètes.

La Vente des Livres : Une Stratégie de Diffusion Virale

Pour structurer son influence, Mosof lançait aussi ses propres livres. Mais il ne les vendait pas comme un simple auteur. Sa stratégie reposait sur plusieurs principes :

Il adoptait un contenu stratégique. Il ne dévoilait pas tout en ligne. Les clés de compréhension les plus puissantes étaient réservées à ceux qui achetaient.

Pour une diffusion contrôlée, Il ne passait pas par les circuits classiques. Ses ouvrages étaient disponibles via des plateformes alternatives, des librairies indépendantes, et surtout, à travers un réseau d'initiés.

I proposait un effet d'exclusivité. Mosof savait que le secret attire. Ses livres n'étaient pas accessibles à tout le monde, il fallait "être prêt" à les recevoir. Il entretenait ainsi une rareté qui renforçait leur valeur.

Il utilisait un levier financier. Les revenus générés n'étaient pas seulement destinés à son confort, mais réinvestis dans son influence, dans des canaux de communication plus efficaces, dans de nouveaux outils.

Ainsi, Mosof ne se contentait pas d'analyser le monde : il le tordait à son avantage. Pendant que d'autres défilaient sous les banderoles, lui consolidait son pouvoir, un adepte, un trade, un livre à la fois.

Le Voyage Contraint

Les services ne lui avaient pas laissé le choix. L'offre, ou plutôt l'injonction, était claire : travailler pour eux ou disparaître dans l'ombre d'un oubli forcé. Mosof le Gourou aux yeux jaunes, habitué à manier les illusions et les stratégies, comprit qu'il devait jouer le jeu. Du moins en apparence.

Son périple commença en Afghanistan. Officiellement, il était là pour se former aux tactiques de la guérilla, mais Mosof avait d'autres ambitions. Il voulait comprendre, interroger les esprits qui façonnaient ces guerres, remonter aux racines idéologiques qui tenaient ces hommes debout.

Afghanistan : Dialogue avec un Chef Taliban

Dans un camp isolé, sous une tente battue par le vent, il se retrouva face à un chef taliban d'âge mûr, le regard perçant sous son turban noir. Le thé fumait entre eux, et Mosof lança calmement :

— L'islam est une religion du juste milieu. Ni excès, ni

négligence. Pourquoi alors, dans tant de conflits, l'équilibre est-il brisé ?

Le chef fronça les sourcils mais l'écouta. Mosof poursuivit :

— Le Prophète (ﷺ) a dit : Le meilleur d'entre vous est celui qui est le meilleur avec ses femmes. Pourtant, ici, la femme est souvent tenue loin du savoir et du pouvoir. Croyez-vous vraiment que c'est ainsi que l'on bâtit une société forte ?

Un silence s'installa. L'homme le fixa, intrigué. Ce n'était pas un discours de missionnaire occidental ni d'agent infiltré. Il y avait dans ses mots une logique, une connaissance du texte qui ne pouvait être balayée d'un revers de main.

— Qui es-tu, Mosof ? demanda finalement le chef.

Mosof sourit légèrement. Il n'allait pas répondre. Pas encore.

Syrie : Entre Reconstruction et Minorités

De l'Afghanistan, il passa en Syrie, un pays ravagé par des années de guerre. Là, son rôle changea. Il ne parlait plus seulement aux combattants, mais aux civils, aux bâtisseurs, aux oubliés des grands jeux géopolitiques.

Il s'approcha des minorités : les Alaouites, qui luttaient pour survivre dans un pays en ruines ; les chrétiens, souvent pris en étau entre les factions ; et les Kurdes, cherchant leur place dans un équilibre fragile.

Mosof ne leur promettait rien. Il écoutait, comprenait leurs revendications, leurs peurs, leurs espoirs. Et surtout, il analysait. Car dans les failles du pouvoir, il voyait des opportunités.

Palestine : Entre ONG et Foi

Enfin, il arriva en Palestine. Là, il intégra une ONG opérant en Cisjordanie, prétexte parfait pour s'approcher des Palestiniens, musulmans et chrétiens.

Dans les rues de Ramallah, il discuta avec des militants. À Al-Quds (Jérusalem), il marcha entre l'Esplanade des Mosquées et le Saint-Sépulcre, observant l'écho du passé dans les pas des croyants.

Il comprit que la force du peuple palestinien ne résidait pas seulement dans sa résistance, mais dans sa capacité à préserver son identité malgré l'étau qui se refermait chaque jour.

L'Ombre d'un Homme qui Trace sa Voie

À chaque étape, Mosof se faisait de nouveaux contacts, gagnait en influence. Mais il savait que les services qui l'avaient envoyé suivaient chacun de ses pas.

Ce qu'ils ignoraient, c'était qu'à travers ces voyages, ce n'était pas eux qui façonnaient Mosof... c'était Mosof qui préparait la suite.

Un Pouvoir Éphémère

À travers son périple au Moyen-Orient, Mosof le Gourou aux yeux jaunes avait espéré bâtir une influence solide et durable. En Afghanistan, il avait échangé des idées avec des chefs talibans, leur parlant de l'équilibre en islam et de la place des femmes, semant ainsi les graines d'un questionnement qui pouvait, espérait-il, faire évoluer les mentalités. En Syrie, il avait tissé des liens avec des minorités en lutte pour leur survie, absorbant leurs récits et leurs luttes, tout en analysant les opportunités qui en découlaient. En Palestine, il s'était immergé dans la réalité des Palestiniens, cherchant à comprendre leur résistance et leur quête identitaire, tout en restant vigilant aux enjeux politiques.

Cependant, malgré ces efforts, son influence restait précaire. Les forces en présence étaient puissantes et bien ancrées, et chaque échange, chaque discussion ne semblait être qu'un murmure face à la tempête des événements. Les gouvernements, les factions armées, les intérêts économiques et les manipulations médiatiques formaient un ensemble complexe que Mosof ne pouvait pas contrôler.

Sa présence sur le terrain, bien qu'enrichissante, n'apportait pas les résultats escomptés. Les contacts établis, les connaissances accumulées ne suffisaient pas à renverser le cours des choses. La manifestation en France, qui avait semblé à première vue être une opportunité de rassembler des esprits en quête de changement, n'avait finalement abouti qu'à une agitation superficielle. Les slogans criés dans les rues résonnaient fort, mais l'impact concret sur le système restait minime. Les participants, emportés par une colère légitime, ne voyaient pas que leur lutte était susceptible d'être récupérée et manipulée par des acteurs extérieurs.

Mosof comprit alors que son ambition de rassembler des adeptes et de redéfinir les lignes du pouvoir était un combat plus vaste que lui. Son influence, bien qu'elle prenne racine dans des idées pertinentes, ne pouvait rivaliser avec le poids des systèmes en place. Il était devenu un observateur engagé dans un monde qui ne semblait pas prêt à changer, se demandant si ses efforts seraient un jour plus que de simples échos dans l'immensité du désespoir collectif.

La Rencontre avec John 3, le Roi Secret

Dans une salle faiblement éclairée d'un hôtel de luxe à Rome, Mosof le Gourou aux yeux jaunes s'apprêtait à rencontrer un homme dont le nom était murmuré dans les cercles les plus fermés du pouvoir : John 3, le véritable roi d'Angleterre. La légende disait qu'il était le souverain du Commonwealth, mais aussi un acteur clé dans les coulisses du Vatican et des affaires palestiniennes. Sa réputation était entachée de mystère, et l'atmosphère était chargée d'anticipation.

John 3 entra, vêtu simplement mais avec une prestance royale. Son regard était à la fois pénétrant et curieux. Il portait avec lui une aura qui transcendait les titres et les privilèges : il était un homme de culture, passionné de cinéma et de tableaux, souvent aperçu dans les galeries et les salles obscures. Mais derrière ce visage avenant se cachait un stratège qui œuvrait dans l'ombre pour regagner ses titres perdus et neutraliser la famille royale infiltrée qui avait pris le contrôle.

— Mosof, dit John 3 en tendant la main, je suis heureux que nous puissions enfin nous rencontrer. J'ai beaucoup entendu parler de vos talents…

Mosof, d'un ton calme, répondit :

— Des talents, peut-être. Mais je ne possède pas de secrets de magie ou de miracles.

Une Demande Inattendue

L'homme devant lui ne se laissa pas décourager.

— Je ne parle pas de magie, mais de science. J'ai besoin de votre savoir pour… ressusciter les morts.

Mosof plissa les yeux.

— C'est dangereux. Manipuler la vie et la mort dépasse les capacités humaines. Qui sommes-nous pour jouer ainsi avec l'ordre naturel des choses ?

John 3 sourit légèrement, conscient que Mosof tentait de se dérober.

— Je comprends vos réticences. Mais imaginez l'impact d'une telle connaissance. La foi des croyants indiens serait renforcée, et vous gagneriez une influence sans précédent. Vous avez voulu cela, n'est-ce pas ?

Un Échange Stratégique

Mosof hésita. L'idée de détenir un pouvoir si immense le troubla, mais l'attrait d'influencer les croyants indiens le séduisait également. John 3 continua avec persuasion :

— Pensez à ce que vous pourriez accomplir. Ensemble, nous pourrions établir un nouvel ordre. Et je vous assure que je ne chercherai pas à interférer dans vos affaires ou vos adeptes. Notre pacte serait clair.

Après un long moment de silence, Mosof acquiesça.

— D'accord. Nous pourrons travailler ensemble. Mais comprenez que ce pouvoir, si nous devons l'acquérir, doit être utilisé avec sagesse. Je ne veux pas de mal à ceux que nous côtoyons.

Le Pacte Scellé

Ils conclurent leur accord dans l'ombre de la pièce, un pacte silencieux, mais puissant. John 3 s'engagea à ne pas interférer dans les affaires de Mosof, tout en promettant de l'aider à obtenir l'influence sur les croyants indiens qu'il désirait tant.

En fin de compte, John 3 et Mosof comprirent que leur alliance n'était pas seulement une question de pouvoir, mais aussi une danse délicate de respect mutuel et de manipulation, chacun avec ses propres ambitions cachées. Alors que les lumières de Rome scintillaient à l'extérieur, deux hommes, motivés par des desseins bien plus grands que leur propre existence, se mirent en route pour changer le cours de l'histoire.

Le Voyage en Inde et la Naissance d'un Gourou

Après la rencontre décisive avec John 3, Mosof le Gourou aux yeux jaunes se dirigea vers l'Inde, un pays aux couleurs vives et aux traditions anciennes, où les croyants attendaient un leader capable de rassembler et d'inspirer. À son arrivée, il ressentit l'énergie vibrante qui émanait des foules, des temples et des marchés. La promesse de John 3, un rubis de la reine, l'accompagnait comme un talisman puissant.

Le rubis, d'un rouge profond et brillant, avait une signification sacrée. Offert par John 3, il était un symbole d'unité et de pouvoir, représentant l'espoir de tous les croyants indiens de trouver un chemin commun à travers les divisions qui les séparaient. Mosof savait que ce joyau deviendrait un emblème de son autorité, un moyen de créer des liens solides avec ses adeptes.

L'Ascension du Gourou

La cérémonie de son couronnement en tant que Gourou officiel se tenait dans un grand temple, aux pieds des Himalayas. Des disciples et des curieux affluaient de toutes parts, attirés par la promesse d'un nouvel avenir. Mosof, vêtu de sa robe traditionnelle ornée de motifs symboliques, s'avança avec assurance, le rubis scintillant autour de son cou. Les chants et les mantras résonnaient dans l'air, créant une atmosphère presque mystique.

Lorsqu'il prit la parole, sa voix était puissante et résonnante.

— Chers frères et sœurs, aujourd'hui, nous ne nous unissons pas seulement sous le signe d'un homme, mais sous celui d'une vision commune. Ce rubis, ce symbole de notre union, représente notre capacité à transcender les différences et à construire un avenir éclairé ensemble.

Les mots de Mosof captivèrent l'auditoire, un mélange d'enthousiasme et d'espoir visible sur les visages des croyants. À travers son charisme et ses idées, il réussit à galvaniser les foules. Loin des divisions religieuses et politiques, il prônait un message de paix, de respect et d'unité, promettant de défendre les valeurs fondamentales qui unissaient tous les Indiens, peu importe leur origine.

Un Nouveau Chapitre

Avec son ascension, Mosof ne cherchait pas simplement à asseoir son pouvoir, mais à devenir un véritable guide pour les âmes en quête de sens. Le rubis, au-delà de sa valeur matérielle, devenait le symbole d'un renouveau spirituel. Les croyants se tournaient vers lui, voyant en lui non seulement un leader, mais un messager d'une vérité plus profonde.

À travers ses enseignements, Mosof cherchait à allier la sagesse ancienne des textes sacrés indiens avec les visions contemporaines, utilisant sa propre expérience des luttes au Moyen-Orient comme un point de référence pour éveiller les consciences.

Ainsi, un nouveau chapitre de son histoire s'écrivait, tandis que les ombres du passé s'évanouissaient lentement. Mosof le Gourou, avec le rubis de la reine scintillant sur sa poitrine, était prêt à mener ses adeptes vers un avenir qu'ils construiraient ensemble, unissant leurs voix et leurs cœurs dans la quête d'une harmonie collective.

L'Ascension d'un Gourou

La manifestation en France, bien que bruyante et énergique, avait laissé Mosof le Gourou aux yeux jaunes avec un goût amer. Les cris de colère résonnaient dans les rues, mais il savait que cette agitation était susceptible d'être récupérée par des forces extérieures. Son analyse sur les réseaux sociaux, dénonçant la manipulation des élites et la superficialité de la lutte, avait commencé à attirer l'attention, suscitant la curiosité et l'intérêt d'un public en quête de vérités plus profondes.

Le Voyage au Proche-Orient

Après avoir été approché par les services pour un recrutement forcé, Mosof se lança dans un périple au Proche-Orient. En Afghanistan, il feignit de se former à la guérilla, mais son véritable objectif était d'interroger les chefs talibans sur l'équilibre en islam et la place des femmes. Ses conversations intrigantes suscitaient la curiosité, amenant un chef taliban à se questionner sur son identité. En Syrie, il participa à la reconstruction du pays, tissant des liens avec les minorités alaouites, chrétiennes et kurdes, tout en analysant les dynamiques de pouvoir en jeu. Puis, en Palestine, il travailla dans une ONG en Cisjordanie, s'immergeant dans la réalité des musulmans palestiniens et des chrétiens, cherchant à comprendre leurs luttes et leurs aspirations.

La Rencontre avec John 3

C'est à Rome que son destin prit un tournant décisif. Mosof rencontra John 3, le véritable roi d'Angleterre, qui lui demanda d'apprendre à ressusciter les morts. Bien que réticent, Mosof exprima d'abord ses doutes quant à la dangerosité d'un tel savoir. Mais John 3, habile négociateur, réussit à le convaincre en lui promettant l'influence sur les croyants indiens, une ambition que Mosof caressait depuis longtemps. Ils conclurent un pacte de non-ingérence, chacun gardant son domaine, mais s'alliant pour renforcer leur pouvoir respectif.

L'Ascension en Inde

Le voyage de Mosof en Inde marqua le début d'un nouveau chapitre. Avec le rubis de la reine, un cadeau symbolique de John 3, il devint le Gourou officiel. Lors d'une cérémonie grandiose au cœur d'un temple, il s'adressa à la foule, promettant unité et paix à tous les croyants indiens. Son charisme et ses idées captivèrent ses adeptes, et le rubis scintillant autour de son cou devint le symbole d'union et de force.

À travers ses enseignements, Mosof prônait une fusion entre la sagesse ancienne des textes sacrés et des visions contemporaines, attirant un large public en quête de sens. Son influence grandissait rapidement, mais il était conscient que les défis restaient nombreux. Le paysage religieux et politique était complexe, et son ascension n'était que le début d'une quête pour établir un nouveau paradigme d'influence, tout en naviguant les eaux troubles du pouvoir et des croyances.

L'Armée des Résuscités

Alors que Mosof le Gourou aux yeux jaunes consolidait son pouvoir en Inde, John 3, le roi mystérieux, manœuvrait dans l'ombre pour accroître son influence. Grâce à la science de la résurrection, qu'il avait apprivoisée avec l'aide de Mosof, il attirait de plus en plus d'adeptes, fascinés par la promesse d'un pouvoir sur la vie et la mort.

L'Influence de John 3

Les nouvelles de ses capacités extraordinaires se répandaient comme une traînée de poudre. Des fidèles, désespérés de retrouver des êtres chers disparus ou de faire renaître des espoirs évanouis, affluaient vers lui, espérant un miracle. John 3 organisait des cérémonies secrètes où il démontrait ses talents, ressuscitant temporairement des animaux ou même des plantes, suscitant l'émerveillement et la ferveur des masses. Chacun de ces actes devenait un événement marquant, et à chaque résurrection, son aura grandissait.

Les adeptes, impressionnés et convaincus, se transformaient en véritables prosélytes. Des milliers de personnes commencèrent à le suivre, persuadées que sous sa direction, un nouvel ordre pouvait être établi, un monde où la mort n'était plus qu'une illusion. L'idée de pouvoir se reconnecter avec des êtres chers devenait une obsession pour beaucoup, et John 3 en profita habilement.

Une Armée en Formation

Mais son ambition ne s'arrêtait pas là. En secret, John 3 préparait une armée. Il savait que pour maintenir son pouvoir et son influence, il devait se doter de moyens pour se défendre et asseoir son autorité. Utilisant les ressources et les contacts qu'il avait accumulés au fil des ans, il commença à recruter des disciples qui avaient une forte détermination, des hommes et des femmes prêts à se battre pour leur foi et leur leader.

Il leur enseignait à utiliser la peur et l'admiration que son pouvoir de résurrection inspirait, transformant des groupes de fidèles en factions organisées. Ces adeptes, renforcés par la foi en leurs capacités et en la vision de leur roi, se préparèrent à devenir plus qu'un simple groupe religieux : une force politique et militaire.

L'Équilibre des Pouvoirs

Alors que Mosof et John 3 se trouvaient sur des chemins parallèles, leurs objectifs devenaient de plus en plus entremêlés. Mosof cherchait à unir les croyants indiens pour créer un mouvement spirituel puissant, tandis que John 3 se positionnait pour devenir le chef d'une nouvelle armée, déterminé à regagner ses titres et à défaire la famille royale infiltrée.

Cette dynamique de pouvoir entre les deux hommes

devenait de plus en plus complexe, chacun tirant parti de l'autre tout en cachant des vérités et des intentions. Dans un monde où la vie et la mort dansaient sur un fil, les ambitions de John 3 risquaient de bouleverser l'équilibre fragile des forces en présence, propulsant le duo dans une lutte de pouvoir qui pourrait changer le cours de l'histoire.

L'Armée du Khorasan

En parallèle des ambitions grandissantes de John 3, Mosof le Gourou aux yeux jaunes, désormais reconnu comme l'Émir, comprit qu'il devait également se doter d'une force militaire pour défendre son mouvement et ses adeptes. Il commença à rassembler ses partisans, à transformer sa secte en une armée bien organisée.

Les Drapeaux Noirs du Khorasan

Les drapeaux noirs du Khorasan, symboles de lutte et de pouvoir, devinrent un emblème central de son mouvement. Ces drapeaux, chargés de significations historiques, représentaient la résistance et l'unité face à l'adversité. Mosof sut habilement tirer parti de cette symbolique pour galvaniser ses adeptes, promettant une nouvelle ère d'honneur et de force.

Il rassembla des hommes et des femmes déterminés, des croyants qui partageaient sa vision d'unir les diverses factions religieuses sous une seule bannière. Les rituels et les entraînements devinrent plus fréquents, et le nombre de ses disciples augmenta rapidement. Avec chaque drapeau noir hissé, l'enthousiasme grandissait, et les chants de victoire résonnaient dans les camps improvisés.

Des Ambitions Insuffisantes

Pourtant, malgré tous ces efforts, Mosof sentait un vide. L'armée qu'il formait, bien que symboliquement forte, n'était pas encore prête à rivaliser avec la puissance et l'influence croissante de John 3 et de ses adeptes. Mosof savait qu'il lui manquait des ressources, des armes, une véritable structure militaire. Les chants et les croyances ne suffisaient pas à garantir la survie et la force de son mouvement.

Il réalisa que la simple force de ses idéaux et la loyauté de ses partisans ne seraient pas suffisantes pour affronter une armée formée et entraînée, nourrie par des promesses de résurrection et un leadership charismatique. Les drapeaux noirs, bien qu'impressionnants, ne pouvaient pas remplacer le pouvoir matériel et l'organisation stratégique.

Une Quête de Renforts

Mosof comprit qu'il devait élargir son réseau et chercher des alliances. Il décida d'envoyer des émissaires vers d'autres groupes en quête de pouvoir, à la recherche de partenaires potentiels qui pourraient renforcer ses rangs.

Il savait que le chemin serait semé d'embûches, mais il était déterminé à construire une armée capable de rivaliser avec celle de John 3. Cette quête d'alliance et de renforcement deviendrait essentielle pour garantir la pérennité de son mouvement et la réalisation de sa vision d'union spirituelle. Dans l'ombre, la tension montait, chaque homme et femme étant conscient que les prochaines étapes pourraient déterminer le sort de leur cause.

La Rencontre à La Mecque

Mosof le Gourou aux yeux jaunes, maintenant Émir, savait que pour s'opposer à John 3 et à son armée grandissante, il devait rechercher des alliances divines. Avec une délégation de fidèles, il entreprit un voyage sacré vers La Mecque, espérant que ce pèlerinage lui apporterait la force et la guidance nécessaires.

L'Arrivée à La Mecque

En traversant les dunes dorées qui entouraient la ville sainte, Mosof ressentait à la fois l'exaltation et l'anxiété. Les murs de La Mecque étaient chargés d'histoire, de foi et d'espoir. Il espérait que cette terre sacrée lui ouvrirait des portes et lui fournirait les réponses qu'il cherchait. À son arrivée, l'agitation du lieu ne fit que renforcer sa détermination.

La délégation se dirigea vers la Kaaba, point focal de la foi islamique. Mosof, avec ses adeptes, entreprit les rituels du pèlerinage, priant avec ferveur pour recevoir guidance et force. Ses pensées se concentraient sur son conflit imminent avec John 3 et sur la nécessité d'obtenir un soutien divin.

La Rencontre avec l'Homme en gabardine

C'est au cours de l'une de ses prières, alors qu'il méditait devant la Kaaba, qu'il fit une rencontre surprenante. Un homme en gabardine, au visage illuminé d'une lumière douce, s'approcha de lui. Cet homme avait une aura mystique, et ses yeux semblaient percer les profondeurs de l'âme.

Mosof sentit une vague de respect et de révérence l'envahir. L'homme s'approcha et lui parla d'une voix empreinte de sagesse.

— Mosof, je suis l'ange Gabriel.
Je viens vous apporter un
message de Dieu.

Le Feu Vert Divin

Les mots de Gabriel résonnèrent dans l'esprit de Mosof. Le cœur battant, il écouta attentivement.

— Dieu t'accorde le feu vert et l'aval pour affronter John 3. Ce combat est nécessaire pour rétablir l'équilibre et la vérité. Mais souviens-toi, la victoire ne vient pas seulement par la force des armes, mais par la pureté de tes intentions et la force de ta foi.

Mosof sentit une montée d'énergie, une conviction nouvelle. La bénédiction de l'ange était un puissant encouragement, et il comprit que sa quête était juste.

— Je suis prêt, dit-il avec détermination.

La Préparation à la Bataille

Gabriel hocha la tête, un sourire de compréhension sur le visage.

— Prépare-toi, Mosof. L'affrontement avec John 3 approche. Rassemble tes forces et reste fidèle à ta vision. La bataille qui s'annonce sera non seulement une épreuve de force, mais un test de foi et d'intégrité.

Mosof retourna vers sa délégation, le cœur léger, rempli d'un nouvel espoir. Avec la bénédiction divine, il savait qu'il pouvait affronter les défis à venir. Ce voyage à La Mecque, loin d'être une simple quête spirituelle, s'avérait être le prélude à une confrontation décisive.

Alors qu'il se préparait à quitter la ville sainte, Mosof sentit que le destin lui souriait. La bataille qui se profilait ne serait pas seulement une lutte pour le pouvoir, mais une lutte pour l'âme même de son mouvement.

La Bataille Épique en Syrie

Les collines de Syrie, au crépuscule, étaient baignées d'une lumière dorée, un silence pesant régnait sur le champ de bataille. Les deux armées, celle de John 3, forte de ses adeptes fascinés par la science de la résurrection, et celle de Mosof, l'Émir, drapée des drapeaux noirs du Khorasan, se faisaient face. Chacune savait que cette bataille serait déterminante, non seulement pour leur pouvoir respectif, mais aussi pour l'avenir de leurs croyances.

Les Champions se Préparent

Avant que la bataille n'éclate, chaque camp choisit un champion pour représenter leurs idéaux. Du côté de John 3, un guerrier charismatique, Alaric, connu pour sa bravoure et son efficacité au combat, s'avança. Il brandissait une épée ornée, symbole de son dévouement au roi et à la science qu'il défendait.

Face à lui, Mosof choisit un ancien guerrier, Rashid, un combattant aguerri qui avait gagné de nombreuses batailles. Rashid était vêtu de noir, avec des emblèmes du Khorasan brodés sur son armure. La tension monta lorsque les champions se rencontrèrent sur le champ, leurs regards rivés l'un sur l'autre, sachant que leur duel déterminerait le moral des troupes.

Le Duel des Champions

Lorsque le combat débuta, les deux hommes échangèrent des coups avec une précision mortelle. Alaric, agile et rapide, frappait avec l'intention de porter des coups fatals, mais Rashid, fort et résistant, bloquait chaque attaque avec la maîtrise d'un homme qui avait fait du combat sa vie. Les cris des soldats en arrière-plan s'élevaient, mais pour eux, le monde extérieur n'existait plus.

Après plusieurs échanges de coups, Rashid parvint à désarmer Alaric d'un coup habile, faisant voler son épée dans les airs. Mais au lieu de l'achever, il hésita, respectant l'esprit du combat. Alaric, réalisant la clémence de son adversaire, se redressa et, avec un respect mutuel, tendit la main pour accepter la défaite. Ce geste de noblesse résonna dans les rangs des deux armées.

L'Engagement des Armées

Tandis que les champions prenaient du recul, les forces se lancèrent dans la mêlée. Les cris de guerre retentirent, les épées scintillèrent sous le soleil couchant. Mosof, dans l'arrière-plan, exhortait ses troupes à avancer, brandissant son rubis flamboyant comme un étendard de ferveur et de foi. Ses adeptes, galvanisés par la présence de leur Émir et le symbole d'unité, se battirent avec une ferveur renouvelée.

Du côté de John 3, les soldats, armés de la promesse de résurrection, avançaient avec une détermination palpable. Ils étaient convaincus que la victoire leur assurerait une place éternelle sous la direction de leur roi. Les deux camps se heurtaient avec une force brutale, l'acier contre l'acier, dans une danse chaotique de mort et de vie.

Le Climax de la Bataille

Au cœur de la bataille, Mosof et John 3 se croisèrent finalement. Leurs regards se rencontrèrent, et le monde autour d'eux sembla s'arrêter. Chaque homme savait que leur affrontement personnel serait déterminant pour le sort des deux armées. Ils se battirent avec rage, échangeant des coups qui résonnaient comme des tonnerres dans l'air. Mosof, fort de la bénédiction divine, et John 3, porté par la ferveur de ses croyants, se livraient à une lutte acharnée.

Les troupes autour d'eux étaient plongées dans la fureur du combat. Le sang coulait sur le sol, mêlé aux cris des blessés et aux bruits des armes. Les champions de chaque camp s'illustraient, chaque coup de lame et chaque mouvement étant une démonstration de bravoure et de détermination.

Le Tournant de la Bataille

Alors que la bataille atteignait son paroxysme, Mosof, avec une dernière poussée de force, réussit à faire reculer John 3. La colère et la passion des deux leaders se mêlaient à un profond respect, leur combat transcendant les simples enjeux de pouvoir.

La confusion s'installa alors que les troupes, galvanisées par le combat de leurs chefs, commençaient à voir une lueur d'espoir, de chaque côté. L'issue de cette bataille épique demeurait incertaine, mais une chose était claire : les conséquences de cet affrontement marqueraient à jamais le destin des croyants et des armées qui se battaient pour leur vision du monde.

L'Affrontement sans Vainqueur

L'affrontement entre Mosof et John 3 ne vit aucun gagnant. Le champ de bataille fut un océan de cadavres, mais le pouvoir de résurrection de John 3 lui permit de ramener ses soldats aussitôt tombés, tandis que ceux de l'émir trouvaient leur place auprès de Dieu en martyrs. Les survivants des deux camps se retirèrent, épuisés, sans avoir pu obtenir un avantage décisif.

Malgré leur nombre et leur puissance, les forces de John 3 durent se replier pour préparer un dessein plus terrible : la prise de Damas. Mosof, quant à lui, affaibli par sa maladie et voyant que le combat ne menait à rien, prit la décision de se retirer. Avant de partir, il laissa le commandement à son bras droit, Juba, avec un ordre clair : abandonner Damas et emmener les croyants protéger Jérusalem.

La Prise de Damas

Dans la nuit silencieuse, l'ombre de John 3 s'étendait sur la ville. Ses troupes, rassemblées aux portes de Damas, attendaient l'ordre. La veille, les espions et partisans infiltrés avaient saboté les derniers points de résistance. La ville, affaiblie par la guerre, fatiguée par les années de siège, se trouvait sans réelle défense. Les dernières forces fidèles à Mosof s'étaient retirées sous les ordres de Juba, laissant la capitale aux mains de son destin.

Lorsque l'assaut fut donné, il fut bref et brutal. Les hommes de John 3, galvanisés par leur leader et l'assurance que la mort

ne les arrêterait pas,
pénétrèrent la ville avec une
précision chirurgicale. Les
portes furent enfoncées, les
quartiers stratégiques sécurisés
en quelques heures. Toute
résistance fut écrasée sous la
puissance implacable des
assaillants.

Les rues de Damas résonnaient
des cris des vaincus et du
martèlement des bottes des
vainqueurs. John 3, drapé dans
un manteau sombre, avançait
dans la cité conquise. Il ne
voyait pas cette victoire comme
un simple triomphe militaire.
C'était un pas de plus vers
l'accomplissement de son
dessein : s'imposer comme la

seule autorité légitime, celle qui défiait la mort elle-même.

Les chefs militaires damascènes furent convoqués. Certains plièrent le genou, jurant allégeance pour sauver leur peau. D'autres furent exécutés sur place, leurs corps abandonnés sur la place du marché comme avertissement. John 3 ne laissa aucune place à l'hésitation. Damas devait être purgée, remodelée selon sa volonté.

Dans les jours qui suivirent, il établit un nouvel ordre. La ville ne fut pas mise à sac comme l'avaient craint certains. Au contraire, il imposa une discipline de fer à ses hommes, faisant de Damas le cœur battant de son empire naissant. Il voulait une capitale forte, un bastion imprenable pour la suite de sa conquête.

Mais dans l'ombre, la résistance couvait. Les fidèles de Mosof, dispersés mais non vaincus, n'avaient pas dit leur dernier mot. Et à Jérusalem, Juba préparait déjà la riposte.

L'Assaut sur Jérusalem

Fort de sa victoire à Damas, John 3 dirigea ses forces vers Jérusalem. Cette fois, il ne trouva pas une ville affaiblie et abandonnée, mais une cité retranchée, défendue avec ferveur par Juba et ses combattants du Khorasan. Ces derniers, héritiers d'une tradition guerrière redoutable, se battaient avec une intensité qui força même John 3 à reconsidérer son approche.

L'assaut fut long et éprouvant. Les ruelles étroites de Jérusalem se transformèrent en un labyrinthe meurtrier, où chaque coin de rue devenait un piège mortel. Les défenseurs, bien que moins nombreux, connaissaient le terrain et frappaient avec une précision chirurgicale. John 3 ressuscitait ses morts, mais même cette capacité ne suffisait pas à briser l'esprit de ceux qui combattaient pour la ville sainte.

Après des jours de combats acharnés, une impasse s'imposa. Ni John 3 ni Juba ne pouvaient revendiquer la victoire sans risquer une destruction totale de Jérusalem, un scénario que ni l'un ni l'autre ne souhaitaient.

C'est alors que les négociations s'ouvrirent. L'histoire et la légitimité jouaient en faveur de John 3. Les anciens sceaux royaux confirmaient son droit au trône de Jérusalem, et il ne cachait pas son ambition de récupérer ce qui lui revenait. De l'autre côté, Juba et les siens refusaient de voir la ville sainte souillée par un pouvoir oppresseur.

L'accord final fut un compromis historique : John 3 pouvait se proclamer roi de Jérusalem et y asseoir son règne. Il obtenait enfin la reconnaissance de son titre et reprenait possession de son héritage. Mais en contrepartie, il devait garantir le respect des croyants et la préservation des lieux saints. Aucun temple, aucune mosquée, aucune église ne devait être touchée.

Jérusalem restait une ville de foi, sous un roi qui, malgré sa puissance surnaturelle, devait désormais marcher avec prudence parmi ceux dont la croyance n'était pas négociable.

Le Nouveau Règne de John 3

Jérusalem était enfin sienne. John 3, vêtu d'une cape royale brodée d'or, pénétra dans la ville sous les regards méfiants des habitants. Il n'y eut ni ovation ni cris de victoire, seulement un silence pesant, comme si la ville elle-même retenait son souffle face à son nouveau maître.

La première mesure de John 3 fut d'asseoir son autorité. Il installa son gouvernement dans l'ancienne citadelle et plaça ses fidèles aux postes clés. Mais, fidèle à l'accord, il ne toucha ni aux lieux saints ni aux pratiques religieuses. Il savait que la foi était une arme aussi puissante qu'une armée, et qu'il valait mieux la canaliser que la combattre.

Pourtant, la tension persistait. Les combattants du Khorasan, bien que battus, ne s'étaient pas dispersés. Ils surveillaient les moindres faits et gestes du nouveau roi, prêts à riposter au moindre écart. Juba, quant à lui, s'était retiré mais restait une menace latente. Il observait, attendant le moment où John 3 faillirait à sa parole.

Mais John 3 n'était pas qu'un guerrier. Il était un stratège, un homme de l'ombre qui préparait toujours son coup suivant. Son règne sur Jérusalem n'était qu'une étape. Son ambition s'étendait bien au-delà des remparts de la ville sainte.

Alors que le monde croyait que la guerre était terminée, lui voyait déjà le prochain champ de bataille.

L'Empire de John 3 en Marche

Installé à Jérusalem, John 3 ne comptait pas se contenter d'une seule couronne. Sa légitimité ne s'arrêtait pas aux portes de la ville sainte. Il se tourna vers ses alliés les plus puissants : les généraux cinq étoiles, ces stratèges qui avaient juré fidélité à son ambition bien avant la prise de Damas. Avec leur soutien, il pouvait envisager une conquête à l'échelle mondiale.

Son regard se posa d'abord sur le Commonwealth. Là aussi, son droit au trône était inscrit dans l'histoire, et il comptait bien s'en servir pour étendre son influence. Pays après pays, il s'arrangea pour rallier les élites, usant de persuasion, de manipulation et, lorsque nécessaire, de sa terrifiante capacité à défier la mort. Là où ses adversaires tombaient, ils renaissaient sous son commandement.

L'Occident, quant à lui, observait avec inquiétude cette montée en puissance. Les chancelleries européennes et américaines tentaient de comprendre s'il s'agissait d'un phénomène religieux, d'un soulèvement militaire ou d'un retour d'un pouvoir royal oublié. Mais John 3 n'attendait pas leurs conclusions. Il avançait, inexorable, prêt à faire basculer l'ordre mondial.

Le Règne de Terreur de John 3

John 3, autrefois perçu comme un roi légitime, révéla rapidement sa véritable nature. Son règne ne fut pas celui d'un souverain éclairé, mais d'un despote déterminé à écraser toute croyance qui ne s'agenouillait pas devant lui.

Les premières persécutions commencèrent en secret, sous couvert de maintien de l'ordre. Des prêcheurs furent arrêtés, des érudits religieux disparurent mystérieusement. Puis vinrent les attaques ouvertes : des troubles furent fomentés dans les mosquées, des incendies éclatèrent dans des lieux de culte. Peu à peu, sous prétexte de "réforme spirituelle", John 3 ordonna la transformation des mosquées et des églises en temples dédiés à un culte obscur.

Les symboles religieux furent détruits ou détournés, les prières interdites. Ceux qui résistaient étaient exécutés publiquement ou réduits en esclavage. La terreur s'installa dans les cœurs, et les croyants du monde entier comprirent que le fléau de John 3 ne faisait que commencer.

Mais dans l'ombre, des poches de résistance se formaient, prêtes à renverser le tyran.

La Chute de John 3

Le tyran, sûr de son pouvoir, commit une erreur fatale. Un jour, il se rendit sur l'esplanade des mosquées, devant la grande porte de Jérusalem. Peut-être voulait-il défier ceux qu'il avait opprimés, ou simplement asseoir son autorité une dernière fois.

Mais alors qu'il se tenait là, un homme surgit de la foule. Son identité demeure un mystère, perdu dans les méandres de l'Histoire. Sans un mot, dans un geste aussi précis que rapide, il lui trancha la gorge.

John 3, le roi qui défiait la mort, s'effondra. Cette fois, personne ne put le ramener, car il avait jalousement gardé le secret de la résurrection. Son règne de terreur s'éteignit dans une flaque de sang, sous les yeux de ceux qu'il avait cherché à briser.

Le peu d'armée qui lui restait fidèle, privée de son chef, fut rapidement écrasé par les poches de résistance qui attendaient ce moment. Ainsi prit fin l'ère de John 3, dont le nom resta à jamais gravé dans l'histoire comme celui d'un tyran déchu par la main d'un inconnu.

La Vie Paisible de Mosof en Andalous

Après la chute de John 3 et la fin des tumultes, Mosof trouva enfin un semblant de paix. Éloigné des conflits et des intrigues du pouvoir, il s'installa en campagne, au cœur des paysages verdoyants de l'Andalous.

Accompagné de sa femme Naima et de sa servante, il redécouvrit la simplicité de la vie rurale. Les journées se déroulaient lentement, rythmées par le lever du soleil et le chant des oiseaux. Mosof cultivait le jardin, entouré de fleurs et d'arbres fruitiers, profitant de la sérénité que lui offrait ce nouvel environnement.

Parmi eux se trouvait Juba, son fidèle bras droit, qui avait choisi de le suivre dans cette retraite.

Avec une petite poignée de fidèles, ils formaient une communauté unie, se consacrant à la culture, à l'apprentissage et à la transmission de leur savoir. Ensemble, ils partageaient des histoires de leurs aventures passées, se remémorant les leçons tirées des conflits qu'ils avaient vécus.

Le soir, autour d'un feu de camp, ils échangeaient des rires et des chants, célébrant la fin d'une époque troublée. Mosof avait trouvé refuge dans la tranquillité, apprenant à apprécier les petites choses de la vie, loin des ambitions de pouvoir et des conflits qui l'avaient autrefois consumé.

Dans cette paix retrouvée, il envisageait l'avenir, sachant que, même retiré, les enseignements de son passé continueraient d'éclairer le chemin de ceux qui choisiraient de le suivre.